I0546758

ODE

SUR LA MORT

DE

MADAME LA MARQUISE

DE MONCONSEIL.

ODE

SUR LA MORT

DE

MADAME LA MARQUISE

DE MONCONSEIL,

PAR M. DUDERÉ DE LA BORDE,

Ancien Sous-Lieutenant aux Grenadiers de France.

. . . . Præcipe lugubres
Cantus, Melpomene, cui liquidam pater
Vocem cum Citharâ dedit.

HOR. Liv. 1ᵉ. Ode xx.

A PARIS,

Chez {
L'AUTEUR, rue des Prouvaires, Nᵒ. 49.
ROYEZ, Libraire, quai des Auguſtins.
SÉGAULT, Libraire, quai de Gêvres.
Et les Marchands de Nouveautés.

1787.

AVERTISSEMENT.

Une longue & dangéreuse maladie, occasionnée par des chagrins domestiques, suite ordinaire des revers, ayant mis l'Auteur de ce petit Ouvrage dans la nécessité d'interrompre souvent son travail (a); il ne fera pas bien étonnant d'y trouver quelques négligences & des incorrections. Le Champ de l'Ode est vaste, mais les épines dont il est hérissé ne permettent qu'à des Atlètes bien exercés d'en parcourir l'espace. M. DUDERÉ DE LA BORDE, en choisissant ce genre de Poésie pour exprimer les regrets que lui cause la perte de son illustre Bienfaitrice, & pour exciter dans tous les cœurs ce sentiment si doux qui, nous faisant partager les peines de nos semblables, nous porte à les soulager, n'a point la vanité de se croire l'émule

---

(a) Cette Ode, qui aurait dû paraître au mois de Février dernier, n'a été, en effet, retardée que par la maladie de l'Auteur. Elle a donné lieu à la dernière Strophe :

La Mort n'est rien, la Mort, &c.

des Malherbe & des Rouſſeau : il abandonne,
comme Auteur ſans prétentions, ſes vers à la
critique : quant à ſon cœur, c'eſt aux ames
honnêtes & ſenſibles à le juger ; il ne craint
d'elles aucun blâme, & il regardera toujours
comme le premier de ſes devoirs, celui d'en
mériter les ſuffrages.

ODE

SUR LA MORT
DE
MADAME LA MARQUISE
DE MONCONSEIL.

QUEL noir preſſentiment ! D'où naît cette triſteſſe,
Qui, dans mes ſens troublés, porte une ſombre ivreſſe ?
    Ma Lyre gémit ſous mes mains.
Quels lugubres Objets frappent ſoudain ma vue ?
O Mort ! affreuſe Mort ! tu fais donc ta revue
    Parmi les fragiles Humains ?

❀

DE la Fatalité, loi trop inévitable,
Trop ſenſible à nos cœurs & toujours redoutable !
    Tout commença, tout prendra fin.
Et ces Globes errans qui roulent ſur nos têtes,
Sujets, comme le nôtre, à diverſes tempêtes,
    Auront tous un égal deſtin.

TIRAN de la Nature, ô Déeſſe inflexible !
Toi, fille de la Nuit, parle, ta faulx terrible
    N'a-t-elle rien à reſpecter ?
Quoi, tu frappes Jannel (1) ! ſa beauté, ſa jeuneſſe,
La bonté de ſon cœur, d'un Époux la tendreſſe,
    Cruelle ! n'ont pu t'arrêter.

QUE de Rois, de Héros, combien d'illuſtres Sages,
De ta loi rigoureuſe eſſuyant les outrages,
    Irritent nos vives douleurs !
Impitoyable Mort, ta rage ſanguinaire,
En nous ôtant Choiſeul (2), Frédéric (3) & Voltaire (4),
    S'abreuve à longs traits de nos pleurs.

DE Civrac (5) ſous tes coups, j'ai vu tomber la tête.
Dieux ! Saint-Agnan expire (6) ! ô Mort perfide, arrête !
    Epargne les cœurs vertueux.
Sois juſte : des forfaits qui rempliſſent ce monde,
Que ta main, bien plutôt, en meurtres ſi féconde,
    Débarraſſe à jamais nos yeux.

MAIS aveugle en ton choix, ta cruauté bizarre
Frappe indiſtinctement le Prodigue, l'Avare,
    Et l'homme méchant & le bon.
Sans égards pour les Rangs, pour les Sexes, pour l'Age,
De vices, de vertus, tu peuples le Rivage
    Qu'arroſe le noir Achéron.

DU

Du fang de Luxembourg (7), ô Ciel! toute fumante,
Ta faulx, fourde à mes cris, me faifit d'épouvante;
  Tous les cœurs fe glacent d'effroi.
O Mort! retiens ton bras ... mais, ô défaftre! ô crime!
Tu frappes Monconfeil (8) .... Hélas! pour ta victime,
  Pourquoi choifir d'autre que moi?

EH ! du Sort voilà donc les caprices barbares!
Du Mérite éclatant les Dieux toujours avares,
  Semblent l'envier aux Mortels.
Quoi, Monconfeil n'eft plus, & ce *Mondor* refpire (9)!
Et nous irions encor, dans un pieux délire,
  De ces Dieux baifer les autels!

O vous, dont l'orgueilleufe & maffive Opulence
Ne ceffe d'infulter l'humble & faible Indigence,
  Vous, Fils de l'aveugle Plutus (10)!
Ce Tombeau que j'embraffe & que de pleurs j'arrofe,
Ma Bienfaitrice, hélas! Monconfeil y repofe ....
  Venez y prendre des vertus.

DES Beaux-Arts, des Talens, amante & protectrice,
Son œil les éclaira, fa main toujours propice
  Prit foin de les encourager.
Son oreille s'ouvrait aux cris de l'Infortune;
Et fon fenfible cœur, ô vertu peu commune!
  Ne ceffa de la foulager.

          B

ON ne la vit jamais hautaine & dédaigneufe ;
Accablant de mépris la Vertu malheureufe (11),
 De fes deftins aigrir les coups.
Et Vous qui n'êtes rien, ou du moins peu de chofe,
Enfans de la Fortune, Efclaves du Potofe,
 De quel œil nous regardez-vous?

CES Titres ufurpés (12), ces Palais, ces Portiques,
Et tous ces Monumens des Mifères publiques
 Par qui vos Noms font étayés ;
C'eft le fruit, dites-vous, d'une heureufe Induftrie.....
Hélas ! ce font les pleurs de ma trifte Patrie,
 Barbares, qui les ont payés !

EH quoi ! de notre fang dont vos coupes font pleines,
N'êtes-vous donc point las de défemplir nos veines ?
 N'en êtes-vous pas regorgés ?
Ah ! ceffez d'étaler ces tréfors, ces richeffes,
Et ce luxe effréné qui, doublant nos détreffes,
 Fatigue nos yeux outragés.

UN moment doit venir, il eft bien près peut-être,
Où la Mort détruifant les refforts de votre Être,
 En annéantira l'orgueil.
Nuls foupirs, nuls regrets, après la dernière heure,
Lorfque vous defcendrez dans la fombre demeure,
 N'honoreront votre cercueil.

Qu'il est beau cependant, qu'il est doux de prétendre
Aux pleurs dont l'Infortune arrose notre cendre !
    Heureux qui sait les mériter !
Toute Grandeur n'est rien que par la bienfaisance (13).
Riches, soyez humains (14) : c'est la reconnaissance
    Qui nous force à vous regretter.

❀

O Vertu des grands cœurs ! ô Déesse adorée !
Toi que j'invoque ici, Bienfaisance sacrée !
    Toi, la plus noble des Vertus !
Du trône des Bourbons tu rehausses la gloire.
LOUIS va, parmi nous, effacer la mémoire
    Des Antonins & des Titus.

❀

DANS son cœur paternel l'Humanité réside ;
A ses vastes projets l'Humanité préside ;
    Il est plus Citoyen que Roi.
Trop heureux les Sujets que sa bonté captive !
Enchaînés par l'Amour, jamais leur voix plaintive
    Ne murmure contre sa Loi.

❀

AH ! combien de Sully sous tes yeux vont renaître (15) !
Que de Cœurs bienfaisans, ô LOUIS ! ô mon Maître !
    Puisent leurs vertus dans le tien !
C'est ainsi que régna le divin Marc-Aurèle.
Henri, le Grand Henri l'avait pris pour modèle (16) ;
    Toi seul eusses été le sien.

MAIS quel touchant fpectacle à mes yeux fe préfente !
Du Sort qui la pourfuit la Vertu gémiffante
    Va donc triompher aujourd'hui ?
Beauveau , Jarnac , Durfort , d'Ecquevilly , Béthune ,
Oui , voilà les Héros que l'honnête Infortune
    Déformais aura pour appui.

Du Mérite indigent Protecteurs fecourables ,
Combien d'autres encore , à nos vœux favorables ,
    Briguent entre eux le même honneur !
O vous , Chimay , Lauzun , vous Sully , vous Tonnerre ,
Vertueux Talleyrand , bienfaifant d'Aubeterre ,
    Que vous êtes chers à mon cœur (17) !

DE vos noms glorieux , de vos faits magnanimes ,
Que ne puis-je , à mon gré , par des accens fublimes ,
    Eternifer le fouvenir !
Et quand je vous confacre un légitime hommage ,
D'un cœur reconnaiffant puiffe ce faible gage
    Paffer aux Siècles à venir !

MAIS quoi ! lorfque des Dieux la prévoyance active
Daigne , pour fecourir l'Humanité plaintive ,
    Faire naître quelques Mortels ,
Faut-il que de leurs jours ils abrègent la courfe ?
Veulent-ils de nos maux renouveller la fource ,
    Et nous les rendre plus cruels ?

QUE dis-je ? téméraire ! ah ! des Décrets céleftes ,
Eft-ce à moi de fonder , quoiqu'ils me foient funeftes,
  La ténébreufe profondeur ?
N'eft-ce pas infulter le Maître du Tonnerre ,
Quand il plaît à fa main de défoler la Terre ,
  Que d'interroger fa fureur ?

    ✿

AH ! tâchons bien plutôt, par des vœux, des hommages,
Et fur-tout par des mœurs dignes des premiers âges ,
  Tâchons d'appaifer fon courroux.
Et fi ce Dieu vengeur fait entendre fa Foudre ,
Que ce ne foit du moins que pour réduire en poudre
  Le Méchant armé contre nous.

    ✿

MAIS quelle voix foudain , ô Prodige ! ô Merveille !
Du fond de cette Tombe a frappé mon oreille ?
  Ombre que j'adore , eft-ce toi ? . . . .
O vous qui m'entourez, Famille infortunée !
Chers Enfans, tendre Epoufe aux pleurs abandonnée ,
  Faites filence , écoutez-moi.

    ✿

MODÉREZ vos douleurs, Monconfeil vous l'ordonne.
Qu'à l'efpoir d'être heureux votre ame s'abandonne ;
  Son œil veille fur vos deftins.
Du haut de l'Empirée où fa vertu refpire ,
Pour changer votre fort, elle anime, elle infpire
  Les Jumilhacs & les Bertins. (18).

Ah ! de votre bonheur ils lui font refponfables,
Ces cœurs fi généreux, ces amis refpectables,
 De fon eftime objets chéris !
Les bienfaits que fur vous ils ont voulu répandre,
De l'hommage pieux qu'ils doivent à fa cendre,
 Augmentent encore le prix.

    ⚘

N'en doutons point ; la Parque en vain nous l'a ravie.
Monconfeil, chez les Dieux, d'une immortelle vie,
 Partage avec eux les douceurs.
Loin de pleurer fa mort, éternifons fa gloire,
Et gravant fes vertus au Temple de Mémoire,
 Faifons-en naître des bons Cœurs.

    ⚘

C'est elle déformais dont la faible Indigence
Viendra fur cette Tombe implorer la puiffance
 Contre fes deftins rigoureux.
J'irai, vers cet Autel, dire à ma Bienfaitrice,
Daignez à mes Enfans être toujours propice,
 Et vous aurez comblé mes vœux.

    ⚘

D'Hénin (19), cette Princeffe à qui tout rend hommage,
De vous, avec le jour, reçut pour apanage
 Un Nom que refpectent les Tems.
Les Graces, les Vertus, lui fervent de cortège,
Et les Arts qu'elle éclaire, embellit & protège,
 Lui doivent le plus pur encens.

TELLE eſt d'Hénin, telle eſt votre adorable Fille;
Sans doute on la verra de ma triſte Famille,
    Comme vous, devenir l'appui......
Eſpoir trop conſolant, ne quitte point mon ame;
De mes jours preſque éteints, peut-être que la trame,
    Hélas! va finir aujourd'hui.

MAIS que m'importe à moi ma ſtérile exiſtence?
Né le joüet du Sort, dès ma plus tendre enfance,
    J'en ai reſſenti les rigueurs.
Conſtamment pourſuivi par la Haine & l'Envie,
Pourrais-je regretter le fardeau d'une vie
    En proie à mes Perſécuteurs?

La Mort n'eſt rien; la Mort du malheur eſt le terme.
Heureux qui ſait l'attendre! Heureux qui, d'un œil ferme,
    En enviſage l'appareil!
Elle eſt, pour le Méchant qui s'endort dans le Vice,
Le Précurſeur affreux d'un éternel ſupplice,
    Et pour le Juſte, un doux ſommeil.

FIN.

NOTES.

(1) *Quoi, tu frappes Jannel !* ... Mademoiselle Cadeau... Elle réuniſſait en elle toutes les qualités du cœur & de l'eſprit qui peuvent rendre une jolie femme précieuſe à la Société. Cette Demoiſelle avait épouſé M. DE JANNEL, Chevalier de l'Ordre Royal & Militaire de S. Louis, Capitaine de Dragons au Régiment de l'Eſcur., avec qui j'avais fait les campagnes d'Hanovre dans celui des Grenadiers de France, & dont je me ſuis conſervé l'eſtime & l'amitié. Madame de Jannel mourut d'une révolution occaſionnée, pendant ſes dernières couches, par le renverſement ſubit de ſa fortune, & emporta avec elle dans la tombe, les juſtes regrets de ſon reſpectable époux, ceux de ſes amis, & la reconnaiſſance éplorée des divers Infortunés dont elle s'était rendue, pendant ſa vie, la tutélaire Bienfaitrice.

(2) *En nous ôtant Choiſeul* .... Le Duc de Choiſeul, Miniſtre & Secrétaire d'état au Département de la Guerre. Il joignait au plus vaſte génie, l'ame la plus ſenſible & la plus généreuſe. C'eſt de ce grand homme que j'ai dit, dans mon *Invocation à la Bienfaiſance*, Ouvrage que je n'ai point encore publié :

« Vois-tu, dans Chanteloup, ce Sage que révère
» Tout Chevalier français, tout ami de ſes Rois,
» Ce Choiſeul, dont le Miniſtère
» A nos braves Guerriers fut ſi cher autrefois ?
» Elève juſqu'à lui ta voix,
» Il ſera ton Dieu tutélaire ».

Malheureuſement pour moi, ſa mort m'ôta l'eſpérance de voir accomplir cette prédiction.

(3) *Frédéric II.* Homme tout à-la-fois Roi, Héros & Sage. Ce Monarque, que le divin Auteur de la Henriade a ſi juſtement nommé le *Salomon du Nord*, & à qui la Pruſſe doit ſa gloire &

fon bonheur , eft au-deſſus de toute eſpèce d'éloges. Ce qui doit conſoler , aujourd'hui les Pruſſiens de ſa perte, ſans pourtant la leur faire oublier , c'eſt de retrouver dans l'auguſte Succeſſeur de ce Héros toutes les vertus qui en ont fait, pendant ſon règne, un juſte objet d'amour pour eux & un d'admiration pour l'univers.

(4) *Voltaire.* Son nom eſt immortel. Jamais Poëte n'a mérité plus juſtement que lui les ſuffrages du Public, le reſpect des Sages & la reconnaiſſance de l'Humanité.

(5) *De Civrac...* Mᵐᵉ.   ˡᵃ Civrac, femme pieuſe, ſenſible & juſtement regrettée   j'en être protégé.

(6) *Dieux! Saint-Agnan expire !...* N.   de Saint-Agnan s'eſt rendue célèbre par ſa piété p   ar ſon zèle pour le ſoulagement des malheureux Incendiés.

(7) *Du ſang de Luxembourg.* .... Mᵐᵉ la Maréchale-Ducheſſe de Luxembourg fut, pendant toute ſa vie , un modèle édifiant de piété , de charité & de bienfaiſance. Elle exerçait particuliérement ces vertus en faveur des enfans dont les pères étaient hors d'état de payer les mois de nourrice. Sa mort, arrivée le 23 Janvier dernier , précéda de quelques heures celle de Madame la Marquiſe de Monconſeil, ſa plus intime amie , & la plus digne de l'être.

Madame la Maréchale-Ducheſſe de Luxembourg laiſſe dans la perſonne de Madame la Ducheſſe de Lauzun, ſa petite-fille, une héritière bien reſpectable de ſes vertus. C'eſt ainſi que la Providence ſe plaît quelquefois à réparer envers l'indigente Humanité les pertes qu'elle lui cauſe & qu'elle nous force à ne point murmurer contre ſes décrets.

(8) *Tu frappes Monconſeil...* Mᵐᵉ. la Marquiſe de Monconſeil, née avec l'ame la plus élevée & la plus ſenſible , ſemblait n'exiſter que pour être utile. Jamais ſon nom ne fut vainement invoqué par l'honnête Indigence. Son vœu le plus cher était pour la Nobleſſe infortunée. Elle était bien perſuadée que c'eſt à la Nobleſſe opulente à ſecourir la Nobleſſe malheureuſe. Que ne dois-

je pas à fes bontés tutélaires ! Et comment pourrai - je jamais reconnaître fes bienfaits ?

(9) *Quoi ! Monconfeil n'eft plus , & ce Mondor refpire.....*
Plufieurs Perfonnes à qui j'ai lu cette ftrophe , en ont blâmé ce
vers. Elles auraient voulu qu'au lieu d'un Riche tout bouffi d'orgueil, tout chargé d'or , d'honneurs & d'ignorance, groffier dans
fes mœurs comme dans fon maintien , & plus avare que l'Avare
même de Molière , qu'au lieu d'un *Mondor* enfin , j'euffe défigné
quelque Marquife de hafard , dont le caractère fût entièrement
oppofé à celui de l'illuftre & fenfible Bienfaitrice que je re-
grette. Il m'eût fans doute été facile de fuivre ce confeil, les
modèles ne me manquent pas. Combien n'y a-t-il pas de Femmes
parvenues, de Femmes même d'un certain ton , dont la hauteur,
la fuffifance & la dureté de cœur furpaffent de beaucoup les
immenfes richeffes , & dont le nom fonore eut admirablement
bien rempli ce vers ? Mais j'ai cru devoir fuir dans cette Ode,
tout ce qui pouvait donner lieu à des applications trop per-
fonnelles , & fouvent plus dangéreufes qu'utiles.

D'autres Perfonnes , plus religieufes qu'inftruites des licences
que la Poéfie a droit de fe permettre , fur-tout quand l'exceffive
douleur les fait naître , ont trouvé non-feulement ce vers, mais
encore la ftrophe toute entière , contraire aux principes du Chrif-
tianifme qui nous prefcrit *d'adorer la main qui nous perd.* Elles
n'ont point réfléchi que , lorfque l'ame eft vivement émue, ou
par le fentiment de la douleur , ou par celui de la colère & de l'in-
dignation , ou par toute autre paffion tumultueufe , rien ne peut
en arrêter la fougue & les tranfports. Aveugle dans fes empor-
temens , elle accufe indifféremment le Ciel comme l'Enfer de tout
ce qui l'afflige ou la contrarie. Il m'eft donc naturel de m'écrier ,
lorfque je perds la plus tendre de mes Protectrices , & que je lui
vois furvivre un dur *Harpagon* dont l'exiftence me paraît , dans
ce moment de trouble , ou une erreur de la Nature , ou une in-
juftice du Ciel , il m'eft donc naturel, dis-je, de m'écrier :

Quoi, Monconfeil n'eft plus, & ce *Mondor* refpire !

Et nous irions encor, dans un pieux délire,

    De ces Dieux baifer les autels !

D'ailleurs, Sophocle fut-il accufé d'impiété pour avoir fait dire à Philoctète : « Quoi, Achille & Patrocle font morts & Therfite vit ! Ainfi la Parque cruelle enlève les bons & épargne les » méchans. *Voilà ce que font les Dieux, & nous les louerions* » *encore* » !

Sophocle n'était pas Chrétien, je l'avoue ; mais n'avait-il pas les Dieux, les Prêtres, les Dévots & les bonnes Femmes de fon pays à ménager ? Perfonne pourtant ne lui jetta la pierre.

(10) *Vous, Fils de l'aveugle Plutus !* ... Qu'on ne s'y méprenne point, ce n'eft que fur les mauvais Riches, de quelque qualité qu'ils foient, & fur- tout fur certains Riches parvenus qu'une foif continuelle de l'or, une ambition démefurée, une dureté de cœur exceffive & une hauteur fans bornes rendent tout à-la-fois fi odieux & fi méprifables, que tombe cette apoftrophe dont la vivacité ferait un bien, fi elle pouvait les corriger. On le defire ; mais peut-on l'efpérer ?

Il faut diftinguer deux manières de parvenir dans le monde. Un homme d'une naiffance obfcure, mais né avec du génie & des talens, parvient par degrés, à force de travail, à des emplois honorables, foit dans la Robe, foit dans l'Epée, foit dans les Finances & s'y foutient par fes propres vertus : cet homme eft, fans contredit, plus eftimable qu'un Noble fans mérite, qui ne doit les places éminentes qu'il occupe, qu'à l'éclat de fa naiffance & à la brigue de fes amis ; il eft même plus noble que lui :

    Nobilitas fola eft atque unica virtus.

        H o r.

L'autre manière de parvenir, qui s'exécute par des moyens honteux, tels que l'Agiotage, le Courtage ufuraire, certains Commerces clandeftins, des Exactions, des Monopoles, la baffe Flaterie, les Intrigues plus baffes encore, &c., ne mérite que du mépris.

Que dis-je ? Elle eſt digne de l'exécration publique , & c'eſt celle-là préciſément que j'attaque.

(11) *Accablant de mépris la Vertu malheureuſe....* Rien de ſi haut, de ſi dédaigneux qu'un homme de baſſe extraction, qui ſort tout-à-coup de la fange, & qui, des plus vils emplois, ſe trouve porté par la Fortune au plus haut degré des richeſſes & des honneurs.

« Un Commis, un Laquais, par un ſale métier,
» S'avance avec éclat au rang de Financier.
» Il eſt bien-tôt Seigneur d'une vaſte contrée ;
» Les rangs, les dignités ne lui coûtent plus rien.
» Je rougis de l'orgueil qu'annonce ſon maintien,
» Et je ris, quand ſa main, de rubis décorée,
» Remet à ſes Valets la place ou la livrée,
» Qui faiſait, l'an paſſé, ſa reſſource & ſon bien. »

V. les Juvénales.

En général, ces ſortes de gens oubliant ce qu'ils ont été, s'imaginent être pétris d'un limon différent de celui des autres hommes ; la terre ſemble à peine digne de les porter. Ivres de leur bonheur, ils n'ont d'eſtime que pour eux-mêmes, & mépriſent ſouverainement quiconque n'eſt pas auſſi opulent qu'eux. Leur porte n'eſt ouverte qu'à des Êtres d'une trempe égale à la leur, & n'eſt fermée qu'au ſeul mérite. Telle eſt l'eſpèce d'hommes parmi nos Traitans parvenus, ou autres Riches de même alloi, que j'ai eu en vue dans ces ſtrophes, qui, avant de voir le jour, ont eu plus d'un Critique. Cependant je ſuis perſuadé, malgré les obſervations qui m'ont été faites, que je ne m'attirerai d'ennemis que parmi ceux qui auront le malheur, en les liſant, de s'y reconnaître & de ſe dire : *Ah ! c'eſt moi qu'on a voulu peindre !* Ces ennemis-là je les mépriſe. Quant aux hommes honnêtes & vertueux qui compoſent le Corps de la Finance, parvenus ou non, je ne les crains pas ; je les reſpecte & je les aime : ils me rendront juſtice.

(12) *Ces Titres uſurpés.....* A peine un Laquais-barbier a-t-il

quitté fa cafaque & fon rafoir, & appris, par dégrés, l'art fublime
de placer à propos un zéro, qu'à prix d'argent il fe débaptife. Le
voilà décraffé; il vient d'acheter des terres confidérables, il s'ente
fur l'arbre généalogique de celui dont il les tient; bientôt il eft
au faîte des honneurs : ce n'eft plus Saint-Jean, ce n'eft plus
Hector; c'eft Monfieur le Marquis, & fes Valets & fon Curé
l'appellent Monfeigneur.

  » La Verdure enrichi quitte un manoir, un gîte
    » Où fon orgueil fe trouvait mal.

  » Il acquiert en deniers l'éncens & l'eau bénite,
    « Un Gentilhomme eft fon Vaffal.

    » Oui, j'ai vu, fans pouvoir me taire,
    » Un homme vil, un vrai pied plat,
    » Paffer un révoltant contrat
  » Du Château paternel qu'un vaillant Militaire
    » Avait perdu pour défendre l'Etat.
  » Telle eft d'un franc Valet l'étonnante aventure,
  » Qu'un bizarre deftin fouvent me préfenta;
  » Mais, fous fon vêtement tout couvert de dorure,
    » Je découvre encor la doublure
    » De l'habit jaune qu'il porta. »

                  V. les Juvénales.

(13) *Toute Grandeur n'eft rien que par la bienfaifance....* Eh! que
feraient nos Rois, nos Princes, nos Miniftres, s'ils n'étaient
pas bienfaifans? Un Prélat avare, ambitieux, plein d'orgueil,
fermant l'oreille aux cris de l'Indigence, n'eft digne que de
l'averfion publique; fa Grandeur dont il s'enivre lui feul, n'eft,
pour tout ce qui l'environne, qu'un jufte objet de mépris : mais
s'il eft doux, affable, compâtiffant, généreux, il devient l'idole
des cœurs. Ce n'eft que par la bienfaifance qu'un homme eft
vraiment grand, & qu'il peut fe faire aimer. Quiconque fait du
bien à fes femblables, en mérite l'amour & les hommages; c'eft
un Dieu fur la terre.

Il faut le dire ; jamais Siècle n'a été plus fécond que le nôtre en hommes senfibles & bienfaifans. Combien , en effet , n'eft-il pas touchant & refpeſtable de voir un Prince de Lambeſc , un Duc de Montmorency , gravir eux-mêmes un 4e & un 5e étage , pour y confoler & fecourir des familles qu'accablent tout-à-la-fois la misère & la douleur ? Sans parler de nos auguftes Princes , les Biron , les Richelieu , les Nivernois , les Mortemart , les la Rochefoucault , les d'Havré , les Charoſt , les Cruſſol , les Noailles , les Sully , les Chabot , les Dapchon , les la Tour-du-Pin , les Choifeul , les Chauvelin , les d'Ormeffon , les Bertin , les Valence , les du Dreneuc , les d'Offun , les Brienne & tant d'autres illuftres perfonnages , dont les vertus font le bonheur public , ne méritent-ils pas également notre admiration & nos hommages ? Que d'Êtres bienfaifans la Magiftrature & le Corps des Secrétaires du Roi n'offrent-ils pas tous les jours à l'indigente humanité ? Dans les Claffes mêmes les plus médiocres de nos Citoyens , combien ne pourrais-je pas citer d'excellens cœurs ? Si l'on jette enfin les yeux fur les divers établiffemens dont une douce philofophie , mère de l'humanité , a diſté les projets , tels que la Société philantropique , la Société olympique , le Club , &c. , & à la tête defquels nous voyons tout ce que la Nobleffe & la Finance ont de plus élevé & de plus refpeſtable , quelle reconnaiſſance l'infortune ne doit-elle pas & au Monarque fenfible qui les protège , & à leurs fecourables auteurs ? Qu'on vante tant qu'on voudra le fiècle de Titus , a-t-il valu le nôtre ?

(14) *Riches , foyez humains* … C'eft à tous les riches , fans aucune exception de rang & d'état , que s'adreffe ce vers ; je ne leur répète ici que ce que la Nature nous prefcrit à tous …. Si la fortune nous favorife au delà même de nos befoins , n'eft-ce pas un crime envers la Nature que de ne pas partager entre ceux de nos femblables qui font malheureux , un fuperflu que nous employons quelquefois fi mal ? Le plaifir de faire le bonheur des autres , ou d'y contribuer , eft une jouiffance bien délicieufe ,

mais qui n'eſt vivement ſentie que par des ames délicates & ſu-
blimes. O Monconſeil ! ô ma tendre & zèlée proteêtrice ! qui,
plus que vous, l'a jamais connu ce plaiſir ſi pur ? & combien
de pleurs l'Infortune reconnaiſſante n'a t'elle pas à répandre ſur
votre tombe ?

(15) *Ah ! combien de Sully* .... Tout ce qui compoſe le
Miniſtère en France eſt digne à-la-fois & de notre amour & de
notre reconnaiſſance : chacun y reſpire l'ame du Monarque ; le
vœu de tous eſt le bonheur public. Je le vois donc enfin renaître le Siècle des Sully, des Colbert, des Lamoignon ; un
nouveau Conſeil Royal des Finances vient d'être établi, & c'eſt
l'époque de notre félicité.

Ce nouveau Conſeil a été tenu, pour la première fois, à
Verſailles, par Sa Majeſté, le 9 Juin de la préſente année 1787.
Voyez *Gazette de France du 12 Juin, N.º* 47.

(16) *Henri, le Grand Henri l'avait pris pour modèle....* Henri IV
ayant aſſemblé les Notables de la France, leur dit :

« Je viens prendre vos conſeils & les ſuivre ; c'eſt une envie
» qui ne prend guères aux Rois, aux barbes griſes & aux vic-
» torieux : mon amour pour mes Sujets me rend tout poſſible
» & tout honorable. »

Dans le Diſcours de Louis XVI, prononcé à l'Aſſemblée
des Notables, le 23 Avril de cette année 1787, combien n'eſt-
il pas conſolant pour tous ſes Sujets de lire ces paroles ſi tendres
& ſi dignes d'un bon Roi ?

« J'examinerai avec ſoin les idées qui m'ont été données par
» les différens Bureaux ſur la deſtruêtion de la Gabelle, & je re-
» garderai comme un jour heureux pour moi, celui auquel je
» pourrai abolir juſqu'au nom d'un impôt auſſi déſaſtreux. »

Qu'on n'en doute point, c'eſt l'ame de Henri IV qui parle.
Français proſternez - vous, votre Père a prononcé l'arrêt de
votre bonheur.

(17) *Que vous êtes chers à mon cœur !* ... Ils ne le font pas feulement au mien, ils le font à tout cœur ami de fes femblables. Si je tâche d'exprimer dans cet Ouvrage la reconnaiffance que je dois à quelques-uns des Héros bienfaiteurs que je viens d'y nommer, n'eft-ce pas exprimer en même tems celle des divers Infortunés dont ils s'honorent d'effuyer les larmes ? Il ferait à fouhaiter que tous les actes de bienfaifance fuffent publics ; le fecret ne doit être gardé que fur les actes de pure Charité . . . . Les uns honorent celui qui les réclame en fa faveur ; les autres humilient l'amour-propre, & ne foulagent que faiblement le Malheureux envers qui ils font exercés. Cette différence n'eft fentie que par les grandes ames.

(18) *Les Jumilhac & les Bertin* . . . . M. Bertin, Tréforier des Parties Cafuelles, homme d'un mérite rare, & auquel les Talens dont il a toujours été l'émule & le protecteur, ne peuvent trop prodiguer d'encens. J'ai dû les bontés dont il m'a honoré à la protection de Madame la Marquife de Monconfeil, qui m'avait particulièrement recommandé à Madame Bertin, avec qui elle était intimement liée, & dont j'ai éprouvé les bons offices auprès de fon refpectable époux. Puiffe cet aveu public que je me plais à faire du zèle qu'ils m'ont bien voulu témoigner pour les intérêts de mon infortunée famille, leur être auffi agréable que fera toujours vif & fincère le fentiment de reconnaiffance qui me le dicte !

(19) *D'Hénin* . . . . Madame la Princeffe d'Hénin, fille de Madame la Marquife de Monconfeil, & Dame du Palais de notre augufte Reine, ne ceffe de donner des preuves de fa fenfibilité pour les Malheureux. Je ne ferai point ici l'apologie des vertus qui caractérifent fa grande ame ; la voix publique qui leur rend un continuel hommage, m'en difpenfe ; & cet éloge qui n'eft point fufpect, eft dans tous les cœurs.

FIN des Notes.

www.ingramcontent.com/pod-product-compliance
Lightning Source LLC
Chambersburg PA
CBHW061626180626
46818CB00005B/2255